JN111727

ぽろもきの冒険

エゾノはやと

幻冬舎MC

ぽろもきの冒険

家族の中の孤立

これは、我々が現在暮らしている地球とそっくりな状態の"別な地球"の話である。その中の１つの国は、"11国"といい、４つの島に分かれていた。大都会島、都会島、自然島、大自然島の４つである。

　"ぽろもき"は大都会島で生まれた。大都会島は、高層ビルが立ち並ぶオフィスタウンとマンション街が島の中央にあり、その周囲を高級住宅街と工業地帯が囲んでいた。

　この島の特徴は、住民が全てエリート階級であることであった。子どもの頃から、コンピューター操作能力と計算能力を鍛え、一定の年齢になると、その能力によって給料の高い職場の地位が決まるのであった。ぽろもきの父親と母親もエリート階級であり、高級マンションに住んでいた。このエリート階級で長年働いて管理職になった人間は、上位様と呼ばれ、特別な権力を持っていた。若いエリートの中に気に入らないエリートがいたら、階級を下げてしまったり島から追放することができてしまうのであった。逆に気に入られたエリートは、さらに階級を上げてもらったり、時には同じような権力を持つこともあった。

　ぽろもきが生まれて１年経った頃、天野という１人の上位様がぽろもきの両親を気に入り、頼み事をしてきた。それは、天野夫婦には子どもがいないので、ぽろもきを時々預けてくれないかという申し出だった。両親は、大喜びでぽろもきを天野夫婦に預けた。このことで、両親の階級は上がったのであった。天野家に迎えられたぽろもきは、ほぼ奥さんに育てられた。毎日のようにご馳走を食べさせてもらい、欲しいオモチャは何でも買ってもらった。

とにかく奥さんは、１日中ぽろもきを子犬を抱くように可愛がっていた。このような子どもの扱いは、エリート階級の親たちは避けていた。典型的な過保護で過干渉な育て方だと知っていたからだ。こういう対応で育てられると、勤勉さや向上心が育たないのである。実は天野氏は、子どもには興味がなかった。奥さんが子どもを可愛がりたいと言い出したので、"奥さんにプレゼントをした"くらいの感覚だった。

　ぽろもきの両親は、自分の子どもが不適切な甘やかされ方をしていたことは承知していた。しかも、時々預かるどころか、１年間のほとんどを天野家で過ごし、天野夫婦が旅行に出掛ける時に両親のところに戻ってくるという状態で数年が過ぎた。両親は、自分たちが良い階級で仕事ができれば、ぽろもきが誰にどう育てられようとどうでも良かったのである。このように、出世のためには子どもの人生を犠牲にしても構わない親も存在したのである。

　したがって、ぽろもきの幼少期の記憶は、天野家での生活しかない。夫婦の家は大きな屋敷だった。高級住宅街の中でもトップクラスの広い敷地には、大きな庭があり、たくさんの部屋がある建物の前には表玄関と門があった。庭の後ろには裏門があり、屋敷の周りは高いコンクリートの壁で囲まれていた。ぽろもきは１つの部屋で寝起きをしていた。子ども１人には広すぎる部屋だった。ベッドもあり、食卓テーブルもあり、食事はいつも奥さんと食べていた。奥さんは自分のことをママさんと呼ばせていた。

カタログから選んだオモチャは、どんなに高くても、すぐにぽろもきの部屋に届いた。ただ、オモチャは1人で遊ぶかママさんと遊ぶかの二者択一だった。届いた新しいオモチャで遊ぶことが初めは楽しかった。しかし、自分で遊ぶかママさんと遊ぶだけなのですぐに飽きてしまった。

　そして一番辛い時間は、夜だった。ママさんと呼んではいるけれど、自分には本当の母親と家があることは知っていた。夜になると無性に家に帰りたかった。それは何度言っても叶えられないことだった。夫婦が旅行に行く時以外は。毎晩ベッドに入った後、天井の模様を目でなぞって、涙をこぼしながら眠りについていた。

　ある日、ママさんがお出掛けをする間、"お手伝いのお姉さん"が半日ほど相手をしてくれた。名前は記憶にない。この時ぽろもきは初めて、"順番を守りましょう、相手が嫌がることはやめましょう、オモチャを片付けてから次の遊びをしましょう"という面倒くさい指示を受けた。だからこのお手伝いさんは苦手だった。ところが、その後も度々このお手伝いさんと過ごすことがあり、絵本を楽しく読んでくれたり、同じオモチャ遊びでもママさんよりもはるかに楽しい遊びができた。そして一番楽しかったのは、庭に出て走り回ったり、庭の植物や虫を観察することを一緒にしてくれたことだった。ぽろもきは、いつの間にかこのお手伝いさんが大好きになっていた。

　ところが、しばらく続いた後、突然別のお手伝いさんに代わった。別のお手伝いさんは、ママさんと同じように接してきた。つまらなくて、寂しくて、泣けてしまった。

それからは、晴れた日が好きになった。広い庭に出て自由に過ごせることを知ったからだった。ママさんも出てくるが、外に置いてある椅子に座ってぽろもきの様子を眺めているだけだったので、部屋の中よりもリラックスできた。

　そこには、あのお手伝いさんが教えてくれた自然があった。手入れされた芝生と何本かの種類の違う木が植えられていて、大小の岩も配置されていた。地面には、草花も生えていて、虫も見ることができた。

　ぽろもきが特に好きだったのが、アリとてんとう虫だった。虫を観察することは飽きなかった。アリが巣に食べ物を運ぶ様子は、本当に見ていて楽しかった。彼らは庭の広い範囲に広がり、食べ物を探していた。1匹それぞれの探索行動はゆっくりしていて、見ているだけでほのぼのとした気分になった。そして、巣穴に向かって虫の死骸を運び入れる様子が面白かった。てんとう虫は、丸い甲羅のような身体でちょこちょこ動く様子が面白かった。棒状の草の茎や小枝の上に上っていき、最後は羽を広げて別の場所へ飛び立つシーンが好きだった。どこへでも飛んでいけるてんとう虫がうらやましかったような気もする。

　こんなことを全くできなくなるのが雨の日である。雨の日は、悲しかった。もっと悲しいのは、冬である。庭に枯れ葉が落ち出す時期には、寒いからという理由で外には出られなくなる。毎年、冬がとても長く感じられ、ママさんにもそれが伝わり、ぽろもきから幼さが消えて少年になる頃には、ママさんも預かっていることに疲れてしまった。

天野夫婦は、ぽろもきを両親の元に返すことにした。それは、ぽろもきが強く望んでいたことではあった。可愛がられてはいたが、退屈で閉鎖的な人間関係から解放されたのである。

　しかし、幼少期を"過保護"というぬるま湯に浸かってきたぽろもきにとって、悲しい時間の幕開けでもあった。

　実家では数年前に妹が生まれていた。3歳下だったが、早くから両親に計算を教えてもらっていたと見られ、計算の能力は、すでにぽろもきを超えていた。すでに英才教育を受けている妹と違い、ぽろもきは計算の能力はもちろん、計算への興味も持てない。その代わり、昆虫や動物の図鑑で種類や生態を調べることが大好きだった。

　父も母も、ぽろもきをよく叱りつけていた。

「そんなことでは、将来は何の役にも立たない人間になる。もっとしっかり計算の勉強をしなさい」

　ある日、ぽろもきの計算成績表を見ていた父は、あまりの成績の低さに激しい怒りと嫌悪感を抱いた。

　ちょうどその時、本人は自宅マンションの前の狭い地面で、アリの巣を見つけて、うれしくなってじっと観察していた。窓からその様子を見つけた妹が、兄の成績表を見て怒りに震えている父に「虫を見ているお兄ちゃんが気持ち悪くて、計算の練習に集中できない」と言った。父は、成績表を握りしめたまま鬼のような形相で玄関前に下りてきて、ぽろもきの目の前で、アリを巣ごと踏みつけた。

「こんなくだらない虫なんか見ないで、もっと勉強しろ」

　ぽろもきは、自分の心も踏みつけられたように苦しくなって、しばらく動けなかった。

やがてぽろもきは、計算の成績があまり上がらないまま、仕事を始めて自立する年頃になった。今までの計算試験の成績をまとめて職業審査会場に提出し、職場を決めるための面接会場に重い足取りでたどり着いた。面接官が審査結果をため息交じりで発表した。

「ぽろもき君、君の成績では、とても給料の高い階級にはつけないよ。最低の貧しい階級の仕事しか見つからない。したがって、この島には住めなくなる。

　時間をあげるから、もう少し計算の勉強をして、再試験を受けるということにしよう。君のご両親が特権階級だから、これは特別な対応だよ。再試験の日にちはこちらから知らせるよ」とのことだった。

　想定内の結果通知を手に、なるべくゆっくり歩きながら家に帰って父と母に面接の結果を伝えた。

「まったく、だからおまえはダメなんだ。人間のクズだな」

　父は強い口調でそう言った。怒りと嫌悪と蔑みの感情が目の奥から出ていて、強い口調はそれらをぽろもきの胸に見えない釘で打ち込んできた。母は、冷たい怒りに満ちた眼差しをぽろもきに向けながら、父の言葉に相槌を打っていた。妹は無表情で下を向いていたが、唇は微かに笑みを帯びていた。

　それからしばらく、家で計算の試験勉強をするぽろもきだったが、妹によくその計算レベルを馬鹿にされ、計算間違いも指摘された。本人にはもちろん辛い日々だったが、家族も“うっとうしい”と感じていることが肌でわかった。

妹が父にこっそり兄との同居への不満を訴えたらしく、ある日父から提案があった。
「実は"自然島"に、古い家を1軒安く買ってある。いつか何かに使うかと思っていたが、使い道もないからぽろもきに譲ることにした。あそこで1人になって計算に集中したら効果があるだろう」
「お父様の優しさだよ。感謝しなさい」と母は言った。
「……」
　ぽろもきは黙って頷いた。
　父に見送られて、ぽろもきは実家を後にしたが、自宅マンションの出口で思わず呟いた。
「どうして僕は、この家族の一員として生まれてきたのだろう。何かの間違いだったに違いない」

　この"現在の地球によく似ているけれど、ちょっと違うところもある世界"では、飛行機は発明されていなかった。プロペラを使う特別なヘリコプターはあったが、誰でも乗れる乗り物ではなかった。島から島、国から国へは船で移動するしかなかった。
　当分生活できるお金と船の往復にかかる代金は父からもらっていた。ぽろもきは生まれて初めて大都会島を離れて、海を見ながら自然島に向かっていた。置かれている立場は苦しいので先行きは暗かったが、大都会島を離れて海を進んでいることには解放感もあった。
　やがて船は"自然島"に到着した。大都会島の港はコンクリートしかなかったが、そこは石畳の道が続く港だった。

港の石畳を歩き始めると、柔らかい潮風がぽろもきの顔を撫でるように吹いていた。自然島の港には店が並んでいた。大都会島では見たことがない古い建物の店が多かった。潮風に当たりながらこの港を歩いていると、妙に心が落ち着く。それは自分が大都会島ではリラックスできないということの裏返しでもあり、悲しいことでもあった。

　ぽろもきは、父からも母からも褒められたり認められたりした記憶がない。特に父はいつも叱りつけてきたので、怖かった。しかも叱られる理由が計算の間違いやテストの結果だったので、もうどうにもならない場合が多かった。「どうしてこんな間違いをしたんだ」と責められても、その時はもう直せないので、父の怒りが収まるのを待つより仕方がなかった。奇跡的にぽろもきとしては出来が良かったテストでは、100点満点のうち80点だった。その時は、何故もう20点が取れなかったのかと叱られた。少しは努力したつもりだったが、ぽろもきの努力はゼロにされた気がした。自然島には父も母もいないので、叱られることがなく少しほっとしているのかもしれないとも思った。しかし、再試験を受けに行ってまた失敗したら叱られるくらいでは済まされない。のんびりもしていられない。現実を振り返ると足取りは一段と重くなった。

　ぽろもきに与えられた家は、港からさらに森の方へと続く道の先にあるようだった。港を離れて家へと続く道を進むと、人家が乏しくなってきた。

ぽろもきは、父からもらった古い小さな家にたどり着いた。周りは森や山に囲まれていて、遠くには海もあった。

　今まで、大都会島でしか暮らしてこなかったぽろもきにとっては、寂しい孤独な環境に追いやられた感覚が強かった。

　周囲には、ビルも高速道路もない。父親がいつか使おうと思っていたと言ったのはうそだとすぐ気付いた。彼は、不便な生活が嫌いだったからである。ここは、妹が不満を言ってから探したのだろう。父がここに直接来てみて買ったとは思えなかった。誰かに依頼して購入したのだろう。ぽろもきをここで１人だけ離して暮らさせることが目的だったと考えると、家族からの疎外感と孤独感が改めて襲いかかってきた。ただ、森の中の道を歩く途中で聞こえた鳥のさえずりや、木々の間を吹き抜けるさわやかな風の音はぽろもきの耳に優しく響いた。大都会島では、計算能力の低い役に立たない自分でも、この森の自然は、柔らかく受け入れてくれているような気がする。全く都合の良い解釈なのに、何故かその解釈が当たっているような安心感に満たされることも事実だった。自然の中で、新鮮な空気を吸って過ごせることに幸せすら感じる日もあった。青空に白い雲が浮かぶ日は特にそうだった。

　ある日、周囲を歩いてみると、家から30メートルほど離れたところに湧水があった。そばの木の看板には、「この水は、山の天然ろ過を通して無毒化された、貴重な天然の飲料水です。どうぞご自由にお飲みください」と書いてあった。

　ぽろもきは“湧水の恩恵”を受けて暮らすこととなった。

古い家の中には、父の会社で余ったスープの缶詰が大量に放置してあった。ぼろもきは、毎日このスープを飲んで暮らすことにした。そうして再試験の連絡が来るまで、１人で苦手な計算の勉強を続けて、少しでも成績を上げるしかなかった。

　森の中は人の気配が感じられないが、港からこの家にたどり着く途中には、この島の人々が住んでいる建物がけっこうあった。まだ早朝だったので人とすれ違うことがなかった。だが、住人たちと会話をすることも煩わしかった。「どこから来たのですか」「どうして、ここに来たのですか」「どうやって生活するのですか」などと質問された時に、なんて答えたらいいのか考えていなかったし、不甲斐ない自分の生い立ちや、家族から遠ざけられてここへ来ていることを、説明せざるを得ない瞬間があるだろう。他人に傷口を突かれるに決まっている。だからできる限り引きこもりたかった。

　それは、もうこれ以上自分の価値を下げられることに抵抗する心理というか防衛本能だった。どう考えてみても、落ちぶれた人間か親不孝者としか思われないだろうと想像できた。「もっと頑張れよ」とか「贅沢な暮らしをしてきた根性のない奴だ」なんて言われそうで仕方がなかった。それこそ、贅沢をしなければ、誰にも会わずに、この古い家に１人で住んでいることが可能だった。すぐ近くに湧水があり、飲み水にも困らなかったからだ。

ぽろもきにとって、この古い一軒家の中でいくらか心が落ち着く場所が風呂場だった。大きめの古い桶に水を入れて、薪で湯を沸かす原始的な風呂であったが、窓を開けると外の自然いっぱいの空気を吸いながらのんびりできた。

　明るいうちに風呂に入ると、山の景色も遠くに見えて、けっこう快適だった。

　昼間は、周囲の自然に癒されることもあったが、夜に風呂に入ると、いつも自然と涙がこぼれた。

　自分で自分が嫌いであることを味わってしまう。

　泣き虫で、計算能力が低くて、叱られてばかりいる役に立たない人間のクズ……。

　父から言われた「だからおまえはダメなんだ。人間のクズだな」という言葉が、夜になると頭の中で勝手に再生された。「だからおまえはダメなんだ」の"だから"が特に強烈で、如何に父親が日常的に様々な場面でぽろもきに対して不甲斐なさを感じていたかが、はっきりと表現されていたからである。

　──僕は人間のクズからはい上がれるかな。やっぱり計算は苦手だな。次の面接試験までに、どれだけ計算能力が上がるか不安だな。ダメだったらどうしようかな。こんな僕だけど、誰かの役に立てる人間になりたいな……。

　明日は少しでも計算の練習をたくさんしようと、自分に言い聞かせて眠る毎日だった。現実は、次の日も計算の練習はあまり進まなかったが。

ぽろもきは毎日毎日同じスープの缶詰を飲んでいたが、スープだけではだんだん飽きてきていた。また、たくさんあった缶詰も、さすがに少しずつ減ってきてはいた。

　そんなある日の昼下がり、ふと床を見ると何か動いていた。春になって、てんとう虫が外から家の中に入ってきたのだった。大好きな生き物なので、思わず見入ってしまっていると、てんとう虫が家の中の明るい方向へと歩いていくことが観察できた。家の中に迷い込んだてんとう虫は、出口を探しては行き詰まっていた。そのちょこまかとした動きを少し楽しんでから、手のひらに包み込んで外に連れ出し、植物の葉の上に解放してやるのだった。

　それはまるで、苦しい状況にある自分を解放するかのような一種のおまじない的な行為だったかもしれない。

　幼少期、何も考えずぬるま湯に浸かっていた頃も、てんとう虫に癒されたことを思い出すが、あの頃に戻りたいとは思えなかった。その後に同じ苦しみが待っているからだ。

　葉っぱに乗せてやったてんとう虫の行動を観察する時間は、ぽろもきにとって何とも言えない和やかな時間だった。

　この"家の中に入ってきたてんとう虫を外に連れていって逃がす"という行為は、何回か続いた。それは決まって、太陽の日差しが木々の間からまぶしさを散りばめる日中のことだった。てんとう虫を逃がした後、周囲の美しい自然を、春の日差しと共に身体で受け止めていた。

　自然の中で幸せな時間を感じることができるのは、新鮮な喜びだった。

ある日の午後、また、てんとう虫が家の中に入ってきた。それは、もしかしたら以前にも迷い込んだことがある同じてんとう虫だったかもしれない。大急ぎで家の中の明るい方向を探すふうでもなく、ぽろもきの気のせいか、のんびりと動いているように感じた。

　ぽろもきは、のそのそと動く様子が妙に可愛らしく感じられて、身をかがめて、できるだけ同じ目線になるように床に横になって観察を続けた。

　すると、まるで今までのお礼をするかのようなことが起こった。てんとう虫が、今までぽろもきが全く気が付かなかった台所横のコインが落ちている場所に歩いていったのである。コインを発見してぽろもきは笑った。笑っている自分に気が付いた。それは、この家に来て、いや、この十数年間で初めての楽しい笑いだった。本当に小さな小さな出来事なのに、ちょっと面白かった。

　たったそれだけの小さな楽しさだったが、この感情がぽろもきに好奇心を呼び起こした。スープ以外の食べ物を買いに行こうという発想である。

　——スープに合う食材にしよう。それは、パンしかない。だが、いっきに冒険をする勇気はない。確か、この島の港からここまで来るときにあったパン屋さんは、開店時間が早かったのを覚えている。なるべく人に会わない朝早くから買いに行こう。

　ちょっとした冒険気分だった。往復する途中では誰とも会話せずに、パンを買って家に戻るという自分に課したミッションである。

ぽろもきは、港にあるパン屋さんに向かって朝早く出発した。今住んでいる古い家からは少し離れていたが、海から漂う潮風の香りが鼻から胸の中に入ってきた。

　大都会島にいた今までには、１度も嗅いだことのない香りだった。初めて嗅ぐ匂いなのに、何故か懐かしいような、自分の身体に馴染んでいるような妙な感覚にとらわれた。

　そして、パン屋さんは古い建物だったが、ぽろもきの好みに合ったものだった。

　ぽろもきの性格は、両親や妹とはいろいろ違いがあった。計算能力が低いということの他にも、動物や虫などの生き物が好きであること、マンションやショッピングモールよりも公園の木の下のベンチとか、川の流れが見える橋の上とか、大都会島の中の好みの場所も３人とは違っていた。そういうことからも、家族の中での疎外感を少年の頃から強く感じていたのである。

　──やる気の出るパンなんて売ってないかな。

　心の中で呟いてみた。本気では思っていなかったけれど、どこかパンにでも頼るような他力本願的な発想が湧いていた。

　大都会島で生活する上で、最もぽろもきに足りなかったのは、計算を頑張ろうと思い、努力を続ける意欲だったが、天野家で過保護に育てられたことで、向上心が持てなくなったことにぽろもきは気付いていなかった。自分がダメな人間であることが全ての原因だと、親から刷り込まれていたことには気付けず、自分を責めていた。だから、自分の存在価値をとても低く見積もっていた。この時までは。

ぽろもきはパン屋さんの前で、港の船着き場の端っこに1人の女の子がいることに気付いた。まだ朝霧のかかっている港の、今にも海の中に落ちてしまいそうな場所に腰かけて、女の子は泣いていた。黙って下を向いて泣いていた。

　大都会島では見たことのない、穏やかな雰囲気を身にまとう女の子だった。ぽろもきはものすごく引き付けられた。悲しそうな表情と肩は、胸が締め付けられるような感覚になるほど切なかった。

　初めはただ見ているだけで精いっぱいだった。目が合ったら気まずくなると思い、パン屋さんの看板を眺めるふりをしてこっそり見ていた。そのうちに、立ち上がってどこかに行ってしまうだろうと思い、女の子の動きを待った。

　だが、女の子は一向に立ち上がろうとしない（長く感じたが実際それほど時間は経っていなかったのかもしれない）。

　それどころか、新しい涙が次から次へと目にあふれ出していた。新たにこぼれた涙を見た途端、泣いている理由を無性に知りたくなった。

　妹が泣いている時は、ほとんどがぽろもきに傷付けられたという訴えだったし、父か母がそばにいる時しか泣いているのを見たことがなかった。

　しかし、こんな泣き方をする女の子には初めて会った。そして、できることならば悲しみから救ってあげたかった。

　自分みたいな計算のできない男性が考えることではないと思いながらも、勇気を出して声をかけてみたくなった。近づいていって、もしも怖がらなかったら、泣いているわけを聞いてみようと思った。

ぽろもきはなるべく小さな声で話しかけてみた。

「あの〜。僕ぽろもき。なんだかすごく悲しそうだったから気になって声をかけてしまいました」

「すみません。こんなところで勝手に座って泣いていて」

「いや、全然謝らなくていいと思う。……あの、どうして泣いていたのか教えてくれますか」

　そう言いながら、その女の子の横に座っていた。

「私の名前はのとです」

「あっ、のとさんっていうんだ。いい名前ですね」

「……」

　少しの間沈黙が続いた。その間に、のとがぽろもきに話しても大丈夫かどうか迷っている様子が感じられた。ぽろもきの顔や服装や雰囲気から判断していることがわかったので、ぽろもきは黙っていた。そして、直接のとを見ないように、自分の靴の先を見つめながら息を殺して待った。

　やがて、のとは、自分の生い立ちを語り始めた。３歳の時に父親が事故で亡くなり、母はすぐに再婚したが、相手の男性がのとに冷たかったこと。そのことで深く傷付いた上に、２人とも交通事故で亡くなったこと。その後は、近所の親切なおじいさんが大きくなるまで大切に育ててくれたこと。ところが、そのおじいさんが、本当の娘さんに呼ばれて、都会島に行ってしまい、孤独になって海を見ていたら泣けてきたということであった。おじいさんに会いに行きたいけれど船に乗るお金もないし、これからの暮らしも食べ物を買うお金もなくて不安だと静かに語った。

ぽろもきは今まで、世の中で自分は一番不幸で、辛い人生を歩んでいると思っていた。しかし、今目の前にいる"のと"という女の子は、間違いなく自分よりも辛い人生を歩んできた。そして、そのことに衝撃を受けていた。同時に、のとの役に立ちたいという強い感情が湧き起こっていた。それは、彼女が醸し出している"穏やかな雰囲気"が、応援したい気持ちをさらに強化していたこととも関係していた。

　ぽろもきは今までに経験したことがないくらい真剣に考えた。のとがおじいさんに会いに行くことができ、さらに今後の生活の資金源が得られる方法はないか。

　周囲を見回すとパンを買いに入ろうと思っていた店に、「ここで働きませんか」という看板が掲げられていた。

「あれだ！！」

「えっ？」

「あのお店が、働く人を探しているんだよ。とにかくお店に入って聞いてみよう。僕たちを働かせてもらえないか」

「でも、私はパンなんて作ったことないです。それに、どうしてぽろもきさんまで働くんですか？」

「のとちゃんのおかげで、急に働きたくなったんだ。僕もパンは作ったことはない。だから、聞いてみないとわからないけれど、とにかくまずは行ってみよう。あと、僕の今までの生活のことも話すよ。のとちゃんと比べたらだらしがなくて恥ずかしいけれど……。とにかく聞いてみよう」

「はい……」

「すみません。表の看板を見てきました」
　すると、奥から店長らしい女性が出てきた。
「あら、２人で申し込んでくれるの？」
「あの〜、僕たち２人ともパンは作ったことないんです。でも、教えてもらったら一生懸命働きます。ダメでしょうか」
　女性は、じっと２人のことを観察していた。ぽろもきは訴えるような真剣な眼差しで見ていた。のとは少し下を向きながらも、願いを込めた表情をしていた。
　少し経って、女性はよし決まったという表情をして、
「あたし１人でこのお店を始めたんだけれど、やっぱり１人で全部のことをすると大変なのよ。パンのこね方も焼き方も教えるから２人とも大歓迎だよ」と言ってくれた。
「それにねえ、洗い物や焼けたパンを並べる作業、お客さんに売る仕事とか、他にも仕事はいっぱいあるんだよ」
「ありがとうございます」
　２人は声を揃えて笑顔でお礼を言うと、自己紹介をした。
「のとちゃんと、ぽろもきくんだね。あたしの名前は"カーティム"っていうんだよ。よろしくね」
「カーティム店長さんですね」
　のとが言うと、
「"店長"はいらないよ」とカーティムは短く笑った。
「わかりました。じゃあ、カーティムさん。よろしくお願いします」

２人はカーティムのパン屋さんで、毎日一生懸命働いた。カーティムはパンのこね方や焼き方をていねいに優しく教えてくれた。２人とも真剣だったのでどんどん技術が上達した。

　大都会島では、計算能力の成績を見せてから仕事が決まるのが一般的だったが、他の職種はわからないものの、この島では顔を合わせただけで決まるんだなぁと、ぽろもきは働き出してから数日後に思った。

　そして、そんなことを後になって気付くほど、冷静でなかったのだと自身を振り返った。しかし、あの時は自分でも信じられないくらい、積極的に働きたいことをアピールしたと思った。大都会島では役立たずの人間として暮らしていたけれど、この島に来て、のととと出会って、ちょっぴり自分が変わったような気がした。パン屋さんの仕事を見つけて、今では２人で働いている。そんな自分が少しだけ誇らしかった。後はちゃんとお金をもらって、のとが無事におじいさんのところへ行けるようにならないと意味がないとも思っていた。

　最初の給料が出るまで、カーティムは毎日パンを残してくれて２人にくれた。

　のとは、おじいさんと暮らしていたアパートに帰って、パンを食べながらおじいさんと過ごした幸せだった日々を思い出していた。そして時々、ぽろもきのことも考えるようになっていた。明日は、ぽろもきの今までの暮らしのことを聞いてみようと、のとは思った。時おり見せる悲しい表情が気になっていたのである。

一緒に働くうちに、いつの間にか2人は「ぽろもき」「のと」と呼び合う仲になっていた。

　ぽろもきは、パン屋さんでの仕事に楽しさを感じていた。それは、店長のカーティムが優しかったことと、のとが一緒に働いていることが大きな理由だった。朝早くからパンの仕込みをしたり、焼き加減を見ながらパンを出し入れしたり、火おこしをしたり、なかなか大変な仕事だった。

　でも、やっぱり働いていて楽しかった。生まれて初めて味わう幸せな時間だった。そして次第に、のとの顔や仕草が、可愛いと感じるようになっていた。

　また、自分の存在が、のとの"おじいさんに会う"という願いを叶えることに繋がっていると思うと、やりがいを感じた。人間のクズではなくなる日が来る。人の役に立つ日が来る。それも、穏やかで可愛いのとのためになるなんて、本当にうれしいことだ。ただ、不思議なことに、その願いがもうしばらく延期になってほしいと、心のどこかで呟いている自分がいた。

　のとも日々の生活に楽しさを見出していた。おじいさんも優しかったけれど、カーティムも温かく迎え入れてくれた。カーティムの人柄には、大きな柔らかい布団に包まれるようなオーラを感じた。そして、ぽろもきのそばにいると安心できた。それは、今まで感じたことのない安心感だった。ぽろもきが笑っている時の顔が良かった。彼の顔を見ながら、働けることに幸せを感じていた。

　いつの間にか、のとは、ぽろもきと一緒にいる時間がずっと続いてほしいと思うようになっていた。

実は、おじいさんと長く暮らしたのとの住むアパートに、おじいさんから手紙が届いていた。その手紙が来てからもう何日も経っていた。手紙には「のと、こっちに来られるようだったら来てくれないか。また一緒に暮らそう。わしもすっかり元気になって、広い庭で走り回っているよ。わしと２人で追いかけっこをしたら面白いぞ。住所は書いておいたからな。待っておるからな」と書かれてあった。たまっていたアパートの家賃は、ぽろもきと一緒にパン屋さんで働いたおかげで全部払うことができ、今では貯まったお金でおじいさんの住所まで船で行くことも十分可能だった。ぽろもきは、のとがおじいさんのところへ行けるように一緒に働いてくれている。当然、手紙のことをすぐに知らせるべきだった。

　のとはもっとぽろもきと一緒にいたいと思っていた。ぽろもきの優しい笑顔が大好きだった。朝は笑顔で挨拶をして、鼻歌を口ずさむことさえある。のとのために文句の１つも言わないで汗を流しながらパンを焼き、カーティムから教わったことをちゃんと覚え、お客さんに美味しいパンを食べてもらおうと工夫を凝らす仕事熱心な姿も魅力的だった。そう、のとはぽろもきと離れたくなかったのだ。

　でも、のとは両親もいない貧乏な人間。ぽろもきは、大都会島の偉い両親の息子。今度の試験に受かったら遠くへ行ってしまう人。

　いつまでもぽろもきの厚意に甘えていてはいけない。そう思いながらも、おじいさんからの手紙のことを言えずにいる苦しい日々が、のとには続いていた。

季節は秋を迎えていた。

　のとは、ぽろもきに謝りながら相談した。

「ぽろもき、ごめんなさい。本当は、ずっと前におじいさんから手紙が来ていたの」

「えっ！　どんな手紙？」

　ぽろもきはドキッとした。

「また一緒に住もうっていうことが書いてある手紙」

　のとは、手紙をぽろもきに見せた。

「ごめんなさい。おじいさんに会いに行けるようにぽろもきも一緒に頑張って働いてくれたのに……」

「よ、良かったね、のと。お金足りる？　船のお金大丈夫？」

「それは大丈夫だけど……。おじいさんに会いに行くのをやめようか、ぽろもきに相談しようと思って」

「何を言ってるんだよ。おじいさんに会いたくて泣いていたんだよ、のとは」

「そ、そうよね……」

　話の流れを文字だけで追うと、２人とも笑って達成感のある表情であるはずだったが、のとにも、ぽろもきにも笑顔はなかった。

　のとは、ぽろもきに引き止めてほしかった。だけど、それを口に出せるほど自分の境遇に自信がなかった。

　ぽろもきは、のとにおじいさんのところへ行かないでほしかった。でも、口にする勇気はなかった。のとの当初の目的を中止にする意味を自分の中に見出せなかった。忙しくもないのに忙しいふりをして、のとを見ないようにして話した。

２人ともカーティムに事情を話して、パン屋さんを辞めることにした。カーティムには、また明日から１人で仕事をこなすという現実が待っていたが、のとがおじいさんのところで幸せになれるようにお祝いを渡した。ぽろもきには、今度の面接試験を頑張るように励まして、時々パンを買いに来るように言った。

　秋が去りゆく港から、のとは船に乗った。ぽろもきはそれを見送った。港には枯れ葉が舞っていて、空気はひんやりとしていた。

　船に乗ったのとは、波止場から見送るぽろもきの顔を見ていると２人で一生懸命働いた今までの楽しい日々が浮かんできて、涙があふれた。

「おじいさんに会いになんて行きたくない」と大きな声で叫びたかった。でも、結局はこうすることがぽろもきのためにも良いことなんだと、無理に自分に言い聞かせていた。その無理な自分への説得が余計に涙を流れさせた。

　のとの涙を見た途端に、ぽろもきは、本当に自分のそばにいてほしい人を今見送っているのだと思い知らされた。

「やっぱり行かないで。ずっと一緒に働いていて」と叫びたかったが、言葉にすることができず、その分ちぎれんばかりに手を振った。船が遠ざかっていくと、涙が足元に落ちる感覚に気付いた。

　ぽろもきが小さくなって見えなくなった時、のとは声を出して泣いていた。親を失った時もものすごく辛かったが、この別れも、今までに経験したことのない辛い別れだった。

"後悔"という言葉がぽろもきにのしかかってきた。のとは本当はぽろもきと一緒にいたかったということが、今更ながらよくわかってきた。引き止める瞬間はあった。

「おじいさんに会いに行くのをやめようか……」と相談された時に、引き止めれば良かった。船が遠ざかっていく時の、のとの悲しそうな涙顔が毎日目に浮かんだ。

　のとと出会う前のぽろもきは、大都会島の役に立たない人間のクズだった。のとはそんなぽろもきに、誰かのために働くということの尊さを教えてくれた。

　——のとがいたから頑張れた。のとは優しい。のとは可愛い。やっぱりのとと一緒にいたい。のとと一緒に暮らしたい。

　のとのちょっとした仕草が目に浮かぶ。振り返って笑う時の表情や、パンをこねる時に鼻先に粉を付けていたことを思い出す。朝、ぽろもきに「おはよう」と言う時の目の輝きは元気をくれた。ぽろもきが風邪気味だった時の心配そうな顔は、本当の優しさが表れている顔だった。

　——もう、今はおじいさんと新しい幸せな生活を始めているのだろうか。

　のとの新しい幸せを願う気持ちより、うまくいかなくて戻ってきてくれることを望んでしまっている。そんな自分が情けなくもあった。

　大都会島での再試験に向けての勉強は全く進まなかった。家の周りにも屋根にも雪が積もり出した。この自然島に来た時の孤独感とは全く違う寂しさがぽろもきを襲っていた。

のとは、おじいさんから届いた手紙に書いてあった住所を訪ねた。

　その場所にあったのは、古くに建てたと思われる一軒家だった。家を見た瞬間、のとは嫌な予感がした。手紙に書いてあった“広い庭”など全くなかったからである。

　おじいさんはうそを言ったり、からかったりするタイプではなく、まじめで優しい人だった。身寄りのないのとを、孫のように可愛がって育ててくれた人である。

　ぽろもきと離れて、カーティムの店も辞めてここまで来ているのだから、訪ねるしかないと自分に言い聞かせて玄関の呼び鈴を押した。

「はい。どちらさまでしょうか」

　女性の声で中から聞かれたので、「ごめんください。のとと申します。おじいさんから手紙をもらって来ました」と答えると、ドアが開いて娘さんが出てきた。

「もしかしたら、前におじいさんが一緒に暮らしていたという女の子かしら」

「そうです。のとです。おじいさんから、また一緒に暮らそうという手紙が届いたので訪ねて来ました」

「そうですか……。どうぞおあがりください」

　家の中には、娘さんの旦那さんと小さな男の子がいて、笑顔で迎えてくれた。おじいさんは車椅子に乗って、笑顔で手を振っていた。

「おお、のと。よく来たな。ゆっくりしていけや」

おじいさんはいろいろなことを忘れたり、わからなくなっていたりした。のとに手紙を出して、一緒に住もうと書いたことも忘れていた。娘さんの知らぬ間に、訪ねてきた近所の人に頼んで手紙を出してもらっていたことが後からわかった（おじいさんは自分で歩いてポストまで行けないのだ）。

　娘さん夫婦は、事情を聴いて気の毒に思い、自分たちは息子と寝るということで、のとに部屋を用意し、しばらく一緒に住めるようにしてくれた。のとは娘さんの手助けをしようと、できるだけおじいさんの世話を頑張った。

　しかし、おじいさんの物忘れはどんどんひどくなっていった。

　ある日、夫婦がのとに謝りながら話してくれた。
「のとちゃん、ごめんなさい。おじいさんには、病院のある施設に入ってもらうことになったの。それでね、うちの家族も３人でやっと暮らせるようになったの。のとちゃんには悪いんだけれど、のとちゃんと暮らすのがむずかしいの」
「私こそごめんなさい。長い時間お邪魔しちゃって。そろそろ帰ろうと思っていたんです。もっと早く言い出せば良かった」
「おじいさんのお世話をよくしてくれたので助かったよ」と旦那さんは言ってくれた。「せめて、帰りの船のお金くらいは出させてもらうからね」と娘さんも温かい言葉をかけてくれた。
「ありがとうございます」
　のとはお礼を言ってこの家を後にした。
　のとは、冬の自然島の港に帰ってきた。

季節は冬の終わりだった。

　のとはどこへも行く当てがなかった。

　風が冷たく吹き付けて、のとの身体は誰かに小突かれたようにふらついた。今更だが、ぽろもきのところへ行ってみようと思った。

　住所を聞いていたので、のとはぽろもきの住んでいる森の方へ歩き出した。森の中の道にも雪がしっかり積もっていた。

　歩みを進めようとする足を雪が邪魔をして、一歩一歩が重く感じられた。

　──ぽろもきにはもう一緒に住んでいる女の人がいる。

　のとは心の中で自分に言い聞かせていた。

「あっ、ぽろもきさんのおかげでおじいさんに会えて、今では幸せに暮らしています。あの時はありがとうございました。では、お元気で」

　小さく呟いて台詞のように練習してみると、台詞と現実の違いが辛くなって、涙がこぼれた。

　泣きながら訪問するわけにはいかないので、引き返し、涙が収まるのを待った。立ち止まって気を取り直すと、またぽろもきの家に向かって歩き出した。

　この繰り返しを何度もしたので、途中の雪道はのとの足跡で踏み固められた。

　やがて、ぽろもきの家が見えてきた。のとの心臓はドキドキした。

「では、お元気で」「では、お元気で」と早口で繰り返しながら、玄関に近づいていった。

のとが１歩１歩ゆっくりと家に近づいた時、玄関からぽろ
もきが靴も履かないで飛び出してきた。
「のと〜！　よく来てくれたね。ずっと会いたかった！　の
とがいなくなって、寂しくてたまらなかった！」
　家の窓から外をぼんやり見ていたぽろもきは、初めは幻を
見ているのかと思った。会いたいと思うあまり、のとが自分
の家に向かって歩いてきている幻を見てしまっているのかと。
目をこすって何回か見直したが、やっぱり本物の〝のと〟
だった。ぽろもきはもう我慢ができなくなって、のとが玄関
に着く前に迎えに行って叫んでしまったのだった。
　のとが何も言わないうちに、ぽろもきは早口で何度も叫び
続けた。しかも泣きながら叫んでいた。
　どうやらぽろもきも１人だったようで、他に女の人が一緒
に暮らしているような雰囲気は全く感じられなかったため、
「今も１人でこの家で暮らしているの？」とのとは確認した。
「そうだよ。今日まで１人っきりで暮らしてきたよ」とぽろ
もきは言った。
　のとが、「これからは……？」と聞くと、
「のとが一緒に住んでくれるとうれしいんだけれど」
　ぽろもきが恥ずかしそうに呟いた。
「この家で、一緒に住まわせてください。よろしくお願いし
ます」
　のとは涙を浮かべながら笑顔で答えた。

季節は春を迎えた。

　のととぽろもきの家の周りには早春の草花が咲き乱れ、近くの山では桜の木が色あざやかに花を咲かせるようになった。ぽろもきは使わなかったお金で2人の家を少しきれいにした。屋根の色も変えて、のとが好きな色の屋根にした。

　のとは初めて味わう幸福を噛みしめていた。また港町のカーティムのパン屋さんで働いていた。

　ぽろもきは勉強を頑張って始めていた。やがて、大都会島から再試験の知らせが来た。ぽろもきは大都会島の仕事についてたくさんお金をもらって、大都会島に引っ越し、のとにいい暮らしをさせてあげようと考えていた。しかし、まずは再試験に受かって、仕事を選んでから考えることにしていた。

　それから、のとを大都会島に住む両親にも紹介しなければと思っていた。ただ、喜んでくれるとは思えないので、喧嘩別れのようになって、もう以前の家族には戻れないような気がしていた。それはそれで仕方がない。

　今、自分にとって大切な人は、"のと"だから。

　大都会島の再試験は、許可が出てから改めて申し込みをして、次の日に行われることになっていた。

　2人ともこの時はまだ、この日常生活を一変させる出来事が起こることは全く予想していなかった。2人で一緒に暮らせることに喜びを噛みしめながら、身近な未来を夢見ていた。

（　新しい出発　）

ぽろもきたちが暮らしているこの地球そっくりの星でも、地球と同じように人類が何百万年も前に登場し、類人猿から人類へと進化した。やがて、人類は火を使い出し、狩猟生活が長く続いた。その後、人類は植物の栽培も行うようになり、定住生活をするようになった。地球と似ていることに、１万年以上も続いた狩猟と植物の栽培や木の実の収穫で暮らしていた時代に、縄の模様を土器につけていた。そして、その時代を縄文時代と呼んでいる。

　その後稲作が行われるようになり、他の地域では小麦が育てられるようになった。その頃から人類には貧富の差が生じて、同じ人間が他の人間を支配するようになり、争いが起こり殺し合いが始まった。ここまでは地球とほぼ同じである。

　この辺から、この星はちょっと違う発展の道をたどっている。陸地の形も違う形にできあがっている。

　３つの大きな国と、３つの中くらいの国、そして小さな国が１つ。一番小さな301国は、実はとても科学が発達していた。この国は科学者が国を治めていた。この世界は合わせて７つの国しかないのだ。そしてわずか３か月前に、王国（１人の国王が独裁政治を行っている国）である23国が、301国に対して突然戦争をしかけてきたのだ。何の罪もない平和な日常生活を送っていた住民が、ある日突然ミサイル攻撃で命を奪われた。すぐに科学者たちは２つのチームに分かれた。攻撃してきた23国を強力な化学兵器を作って滅ぼそうとするチームAと、別な研究で戦争を終わらせようとするチームBである。チームBの中に、ボヘンニャという美しくてとても優秀な女性の科学者がいた。

ボヘンニャにはジールカというまだ幼い娘がいた。いつまたミサイルが飛んでくるかわからない状況で、ジールカを家に置いておくことは危険だが、自分は急いで新しい研究をしなければならなかった。そこでボヘンニャは、ジールカを別の国へ避難させることにした。まだ戦争に巻き込まれていない遠く離れた国へ。その国が11国だった。その中の自然島が避難場所に選ばれたのだ。

　ジールカは、占い師の少女に変装して船に乗り込むことに成功した。この船のホダリ船長は、ボヘンニャとは以前から知り合いだったので、娘の脱出の手伝いを頼まれていたのだ。ジールカは母の研究室から、特殊な化学物質の粉末が入った容器を持ってきていた。

　やがて、船は自然島に着いた。

　辺りが暗くなってきた。とりあえず今日からしばらくは、公園の休憩場所で眠ることにした。野宿である。眠る前に、持ってきた粉は、公園の横の雑貨屋さんに並んでいる壺の1つに隠した。持っていることが少し怖かったからだ。避難してきた緊張感も緩み、疲れが急激にジールカに押し寄せ、すぐに眠ってしまった。

　翌朝、母からの送信で目覚めたジールカは、「あの粉は厚めの袋に入れて大切に保管するようにね」と伝えられて、はっと気付いた。

　──あの壺から移さなくては。

　急いで壺の中を見ると、容器の蓋が開いて、粉は壺の中にこぼれてしまっていた。

うらない
します

66

朝、ぽろもきは港に大都会島での再試験の申込用紙を提出するために出掛けた。のとは家からぽろもきを見送った。申込用紙は、朝早くに提出すると、船の郵便でその日の夕方までには大都会島に届くことになっていた。
「さあこれで後は、明日大都会島に行って再試験を受けるだけだ」
　前回とは全く違う気持ちで再試験に臨むことに、のとがどれほど自分に勇気を与えてくれているか痛感していた。
　港からの帰り道、ぽろもきは今まで見たことのない小さな金髪の少女が、道端で占いをしていることに気が付いた。
「うらないします」と書いてある小さな旗が、小さな机の上に置かれていたからである。ところが、その少女は、何やら重そうな壺を抱えてうんうん唸っていた。小さな身体では、少しずつしか動かせないような壺だった。
　ぽろもきは見かねて声をかけた。
「なんか大変そうだね。その壺を動かせばいいんだったらお手伝いするよ」
「お、お願いします」
　たどたどしい言葉で少女は答えた。
　ぽろもきが手にしてみると、壺は古い陶器で、大きめの壺だった。近くにある雑貨屋の横に並べてある壺と同じ種類だとわかった。中には、何やら化学薬品のような臭いのする粉がいっぱいに詰まっていた。この薬品の粉は、特殊な容器でジールカによって運ばれてきたが、容器が開いて空気に触れ、粉が酸素に反応して膨らんでいたのである――。

「僕は、ぽろもきっていう名前。この壺をどこかに運ぶのかな」

「私は、ジールカです。お願いします」

　少女の名前はジールカだった。

　ジールカの身振り手振りから、どうやら壺の中にある粉を彼女が持っている厚めの袋に入れるのを手伝ってほしいのだろうということがうかがえた。

「わかったよ。壺の中の粉を袋の中に入れるんだね？」

　ぽろもきはそう言いながら、少女と同じように身振り手振りでわかりやすく伝えた。

「お願いします。気を付けて」

　粉が、母が研究した特殊な効果をもたらす化学物質であることを知っていたジールカは、真剣な眼差しを向けながらカタコトの言葉で言った。

　──気を付けて？　粉を移すだけだから大丈夫だろう。

　ぽろもきは笑って「大丈夫。大丈夫」と言いながら壺を持った。なるほど、この壺を少しずつ動かすくらいなら少女にもできると思われるが、持ち上げてみると、この重さでは中の粉を袋に入れるのは絶対に無理だとぽろもきは思った。ジールカが持つ袋に入れようとしたその時、ちょうど吹いてきた風に乗って１匹のハエがジールカの顔のそばまで飛んできて、ジールカの鼻の穴の下に止まった。

「ハッ、ハッ、ハッ、ハックショ〜ン！！」

　ハエも壺の中の粉も、少女なのにおばさんのようなジールカの大きなくしゃみで吹き飛ばされてしまった。

「ご、ごめんなさい」

　ジールカは今にも泣き出しそうな表情を浮かべていた。

　頭から粉を浴びたぽろもきの目や鼻、口の中にも粉が入った。

「夜、月が出る頃、けものになる」

「あの恐ろしいけものに変身するっていうお話？」

　ぽろもきが尋ねると、ジールカは同じ言葉を繰り返すだけだった。

　ぽろもきは、まだ子どもだからそんなお話を信じているんだなと思い、

「大丈夫だよ。家に帰ってきれいにするから。だけど、この散らばった粉はもう袋に入れられないね」とまた身振り手振りで伝えて、泣いている彼女をなぐさめた。

　ジールカは泣きやんだが、「ごめんなさい。ごめんなさい」と何度も謝るばかりだった。ぽろもきは笑いながら手を振ってジールカと離れた。

　この時粉は、ジールカの目や口の中にも入っていた。さらに、風に飛ばされて近くを歩いていた１人の男性の、目と耳にも入ってしまっていた。

　家に帰ってきた粉だらけのぽろもきを見て、のとは驚きの表情を隠せなかった。

「どうしたの？」

　ぽろもきはいきさつを説明した。

「それは仕方がないわね。洗って落としましょう」

　のとは急いで風呂を沸かし始めた。

その日の夕方から夜にかけて、ぽろもきはゆっくりと時間をかけて風呂に入った。

　風呂場の窓を開けると、露天風呂のように山の景色を見ながら湯船に浸かれることが、ぽろもきのお気に入りだった。

　空の色が、水色主体のグラデーションから紺色主体にじんわりと変化していった。今夜は満月だった。

「確かジールカは、月が出る頃にけものに変身すると言っていたな。ちょうど月が見えてきたぞ。しかも満月じゃないか」

　そう呟いた途端、ぽろもきの身体に変化が始まった。

「えっ！　まさか本当にけものに変身？　恐ろしいけものになってのとを襲って食べてしまうなんて絶対に嫌だな。

　うっ、身体がおかしい！　何かが変わっていく。頭が痛い。身体中に何かの強い圧力を感じる。

　ウ、ウオ〜！　ウオ〜！　なんだこれは〜」

　変身していくぽろもきの叫びが夜の森に響き渡った。

　ふくろうが異様な叫び声に怯えていた。

　ぽろもきの身体にはけものの毛が生えていった。

　そして、身体の中から得体の知れないエネルギーが湧き上がってきていた。顔や、手や足までもが"けもの"に変化していくことが感じられた。ただ、幸い人間の心はそのままだった。のとを襲って食べたり、危険な目に遭わせたりすることがないことは確信できた。

　ただ、何かが強くなった感じがしたことは確かだった。

ジールカの母"ボヘンニャ博士"は、人間が強力な防衛能力を持てるような薬を研究し開発していた。この薬の効果は本来人間が持っている防衛能力を極限まで高める。しかし、どのような防衛能力が高まるかは個性によるのであった。そうした不安定さがあったので、この薬はまだ開発途中だったのだ。また、女性の防衛能力を極限まで高めることは確実だったが、男性には特別な副反応が発生し、身体が獣人化するのだ。脳への影響はないため人格や記憶は本人のままだが、容姿が激変する。どのような獣人になるか、どんな能力が強化されるかは個性により違うが、実験結果がまだ足りない。したがって女性限定の化学薬品である。しかし戦争が突然始まり、夫つまり"ジールカの父親"が路上で暗殺されてしまった。家で留守番をしていて助かった大切な娘を守るためには、1人で外国に避難させなければならない。1人でも自分を守れるようにこの薬を特殊容器に詰めて持たせたのである。研究が追いつき、狙った防衛能力にだけこの薬が効くように調整できた時に、追加の薬を娘に送る予定だった。

　ところが、娘から連絡が来て、薬がぽろもきにかかってしまいジールカも浴びたことがわかった。今は娘と離れているので、その後の連絡を聞いてアドバイスするしかないと考え、男性の変異後の様子には注意するように伝えておいた。凶暴化していたら大変なことになるからである。

　母から、男性にこの薬品をかけたら数時間で獣人化すると教えられていたジールカは、粉を浴びた時間から考えて月が出る頃獣人化することをぽろもきに伝えたのだった。

ぽろもきは今、完全に"けもの"に変身したのだ。この変身がどのくらい続くかわからないが、意識は変わってないので少しは安心している。のとを危険な目に遭わせる存在にはなっていない。

　しかし混乱はしている。大都会島で生まれて、家族から孤立して、この自然島に来てのとと出会って、仕事はまだ決まっていないものの、のととの幸せな生活は間違いないはずだった。何故今自分がこんな"けもの"に！

　——のとはどんな反応をするだろう。驚いて逃げるか嫌悪感を示すか。「一緒に暮らせない」と言われたら想像もできない孤独感が襲ってくる。自然島にさえいられなくなるかもしれない。身体は少し縮んで、しかもちょっとメタボな体形になっている。ダメだ。もうそろそろ脱衣場に行かないと、のとが声をかけてくる。粉は落ちたか心配しているから見に来る。それにさっき自分で何か風呂場の窓から叫んだような気がする。のとの反応を見てこれからどうするか考えよう。自分の今後と、のとが幸せになる道を。

　もしも別々に暮らすことになっても絶対のとを守っていくことは心に誓っていた。

ぽろもきは、のとを呼びながら風呂場から出た。

「のとー、本当に"けもの"に変身しちゃった！」

「えーっ！　本当にぽろもき？　ぬいぐるみ？」

「いや、本当のけもの。本物のけものになりました」

「でも、可愛いし、ぽろもきには変わりないんでしょ？」

「そう。のとのことが大好きなぽろもきでーす」

「どこか痛いところはないの？　身体が縮んでるけど」

「うん。むしろ前より元気になった感じがする」

　２人で話しながら、変身前と変わらずのとに大切に思われていることが肌でわかり、思わず涙がこぼれた。

　その涙を見たのとは、ぽろもきを抱きしめた。

「ぽろもき、温かいよ」

「ありがとう。のとも温かいよ」

　不意に起こった大きな出来事だが、２人の心の絆は一段と強くなった。しかし、明日の再試験はかなり不利になったことは間違いない。ぽろもきは、それでも受験をやめるつもりはなかった。大都会島の人たちの扱いを確かめたかった。批判されたら、一緒にいるだけでのとも嫌な思いをすると判断し、のとには自然島で結果を待っていてもらうことにした。

「けものになっても、のとと楽しく暮らすために頑張るよ」

「明日の試験に合格させてもらえるといいわね」

「いや、大都会島が僕の真剣な想いをわかるか調べてくるよ。結果を聞いてからまた次の行動を考える」

「わかったわ。明日は港でぽろもきの帰りを待ってる」

「うん。待っててね、のと」

のとは、以前と同じように2人で暮らせないかもしれない
と、実は一瞬は考えた。けものになったぽろもきに何か凶暴
性のようなものが出てきたら、それは恐怖となり、逃げ出さ
なくてはならなくなる。

　だが、目の前のぽろもきは、変身前と同じように優しい目
をしていた。凶暴性は全く感じられなかった。しかも、「の
とのことが大好きなぽろもきでーす」などと、明るく表現し
ている。もう、信じて一緒に住む以外に方法はない。"けも
の"になったからという理由で、ぽろもきと離れて1人で暮
らすことを選ぶ方が孤独で厳しいものになる。そもそもけも
のになったということだけで、ぽろもきを嫌いにはなれない。

　どんなことが待っているかわからないが、もう、ぽろもき
との人生の冒険が始まっている。けものになったために苦労
することも当然あるだろう。それをどれだけ助けることがで
きるかわからないため、何となく不安もある。でも、なんだ
かワクワクもする。

　風呂上がりは濡れていたぽろもきの毛はすぐに乾き、モフ
モフになって触り心地が良かった。それでいて、今までにな
い頼もしさも感じていた。自分も、ぽろもきを応援する言葉
をこれからもかけ続けようと心に決めたのだった。そうする
ことで、2人の幸せな時間が増えるに違いないと思えたのと
であった。

けものに変身してしまった自分を、ぽろもきは完全に受け入れて喜んでいるわけではなかった。変身していく過程では、恐怖や喪失感の方が大きかった。今までよりさらに人生が厳しくなってしまうと感じ、どこか森の中に逃げようと思った。一番避けたかったのが、変身した姿を見せて、のとに嫌われることだった。

　ところが、変身し終わって身体を動かしてみると、けっこう気に入ったのである。これだったら悪くないんじゃないかと。実は、こう思えることも効果の１つではあったのだが、ぽろもきは、変身してしまったからにはこの身体や能力を使って楽しく生き抜いていこうと決めた。

　うれしいことに、のとの反応が良かった。そのことは、さらに、ぽろもきに勇気を与えた。やっていける。絶対に何とかなる。のとのためにも、変身で得た能力や姿を活かさなければならない。明日の面接や家族の反応は、あまり期待できるものではない気がする。それでも、自分が大都会島でやっていけるのか、それとも他の生き方を探さなければならないのかがはっきりわかるはずなので、行ってみて試験を受ける意味があると思えるのだった。

　──道はきっとある。何かが自分やのとを待っている。

　変身したぽろもきには、そんな前向きな発想が湧いてきたのである。

大都会島での再試験は、混乱を極めた。

「なんだ！　その姿は？　けもの？　そんなものに与える仕事は、この大都会島にはない！　この島から出ていけ！」

　試験官の１人が厳しい眼差しを向けた。

「男でもない、女でもない、人間でもない、卑しい"けもの"のくせに！　面接を受けるなんて！」

　もう一方の試験官も声を荒げた。

「ウ〜、ウ〜！！」

　威嚇するような低い声がぽろもきの口から漏れた。

「きさま！　我々に対して今唸ったな！」

「いえ、ただのアレルギー反応です」

　ぽろもきが平然と答えると試験官たちは憤慨しながら立ち去った。ぽろもきは気付いていないが、環境や周囲の人間が与えるストレスに対処する能力が上がっていた。また、"けもの"は、何らかのトレーニングによって能力をさらに強化したり、力を調節して使ったりできるようになる。その力の種類や出現パターンは、実験データがまだ不足しているので、不明である。

　しばらく時間をおいて、外来動物担当課の受付係という人が現れた。

「あのお、言葉が通じるようなので、人の食べ残しの始末をして、１か月で100円の補助費を受け取るという手続きをしませんか」

「けっこうです。大便しちゃったので、始末お願いね」

　ぽろもきは試験会場を後にして、家族に会いに行った。

家族は、ぽろもきを家の中に入れてくれなかった。
「気持ち悪い！　自分の兄弟に"けもの"がいるなんて絶対
に知られたくない。一生関わりたくない」
　妹は汚いものでも見るような視線を向けてきた。
「こんな親不孝なことはないわ！　家族としての縁を切らせ
てもらうからね。もう、この大都会島には絶対に来ないでね。
来たら警察に通報するからね」
　母も吐き捨てるように言った。
「おまえは、死んだということにさせてくれ。今日からうち
の家族は３人だ」
　父の言葉も冷たく響いた。
「なるべく早くこの島から出ていってくれよ」
「本当に、最後まで親不孝な子どもだったね」
　父に続いて、母も容赦なく心無い言葉を投げた。ぽろもき
は悲しみよりも怒りを感じた。
「ウ〜、ウ〜！」
「あっ、恨まないでおくれよ。遠くで応援しているからね」
「あっ、失敗しちゃった。急ぐので、拭いておいてね」
　ぽろもきは、尿や便を、気に入らない場面で、ある程度自
由に排泄できるようになっていた。ぽろもきは、この時を
もって完全に家族から分離した。もともと弱かった絆がぷっ
つりと切れたのである。
　家族との別れは、妙にスッキリとした感覚があった。まる
で何かの呪縛から解放されたようだった。

大都会島と家族に別れを告げてスッキリしたぽろもきは、のとが待っている港に着いた。船からのとの顔が見えた時、のとがいてくれる現実を本当にありがたく思った。

「おかえりなさい」

「ただいま。試験は全然ダメで、けものだからってひどく差別されたんだ。家族からも完全に嫌われて、死んだことにされた。だから、もう２度と大都会島に行くことはないよ」

「そうだったの。かわいそうなぽろもき」

　のとは、泣きそうになった。

「大丈夫！　のとがいるから！　ずっと一緒に暮らそうね」

「もちろんよ！」

　のとも笑顔になって港町を歩いた。

「もしかして、ぽろもきさん？」

　声のした方を向くと、そこにはジールカが立っていた。

　ぽろもきはのとにジールカを紹介した。

「やっぱり、けものになったのね。本当にごめんなさい。１度けものになったら、人間には戻れないことがわかったの。くしゃみなんかしたばっかりに、本当にひどい私」

　ジールカは申し訳なさそうに俯いた。

「そうか！　でも、何となく元には戻れない気がしてたんだ。でも、けものになって楽になったこともあるよ。のとにはちょっと迷惑をかけると思うけど」

「迷惑？　迷惑なんかじゃないわ。楽しくて、幸せよ」

　笑顔を向け合う２人を目の前に、ジールカは何も言うことができなかった。

ちょうど、港は夕日がきれいな時間だった。

　のとと、ぽろもきと、ジールカは、３人並んで波止場の端に腰かけて、穏やかな海面に映る沈みゆく太陽を見ながら、潮風をゆっくりと吸い込んだ。

　ジールカは、母から粉を安全に保管するように言われていたのにしていなかった自分、そしてそれをぽろもきに浴びせてしまった自分を思い、太陽に叱られているような後ろめたい気持ちで夕日を見つめていた。

　一方のとには、元気で帰ってきたけれど、面接官や立派な家族から冷たい言葉を浴びせられたぽろもきが、やっぱりかわいそうに感じられた。何とかして明日からぽろもきが生き生きと暮らせるように、何かしてあげられることはないかと考え、やはり、カーティムの店でぽろもきも働かせてもらえないか２人で行って頼んでみるしかないと考えた。何となく、カーティムなら働かせてくれるような期待もあった。

　ぽろもきは、大都会島が、そしてあの家族が自分には合わない場所であり、人たちであったと、沈みゆく太陽を見ながら改めて噛みしめていた。同時に、“今、隣に座っている”のとが一緒にいてくれることが、どれほど自分にとって幸せなことかも味わっていた。そしてこの港が、２人の出会いの場所でもあり、きれいな海と夕日を一緒に見ることのできる大好きな場所であることを、夕暮れの光を身体に浴びながら感じていた。

　──この島で何かできることを探そう。この島でのとと楽しく暮らせる方法を探そう。きっと見つかる気がする。

次の日、のとは朝からぽろもきをカーティムのパン屋さん
に連れていった。ぽろもきも働かせてもらえるか自分で聞い
てみたかったので、のとから提案があった時、喜んだ。
「カーティムさん、けものになっちゃったんだけれど、どう
か、またこの店で働かせてください」
「ぽろもきには変わりないんだろ？　その手でパンは焼ける
かね？」
　カーティムは必死に懇願するぽろもきを見つめた。
「大丈夫です。手が人間の手の形に近いので、パンも焼ける
し、料理もできます」
「そうかい。けものか人間かが大事じゃなくて、あたしゃあ、
うそつきか正直者かにこだわるね。おまけにパンが焼けりゃ
あ言うことないよ。あんたがまじめで正直者なのはよく知っ
ているからね。しっかり働いておくれ」
　カーティムが深く頷きながら言うと、「はいっ！　ありが
とうございます」とぽろもきの声が元気良く響いた。
「そうだ！　けものだから匂いがよくわかるんだろ？」
　とカーティムが思い付いたように尋ねると、ぽろもきは、
「はいっ。誰かがすかしっぺしてもすぐわかります」
　と冗談めかして答えた。
「そんなことは、いちいち報告されても困るけれど、焦げる
前の微妙なパンの焼き加減がわかると便利だろう？」
「なるほど！　こりゃあ前より楽しく働けそうだ！」
　実は、この匂いを嗅ぎ分ける能力が、特殊に強化されてい
て、しかも、今後重要な意味を持ってくることを、ぽろもき
もカーティムも、そしてのともまだ想像もしていなかった。

ぽろもきは、のとと２人で、楽しくカーティムのパン屋さんに通って働いた。

　お弁当は、いつも、のとが握ってくれるお握りだ。これがまたすごく美味しかった。リュックサックは、ぽろもきのちょっぴりメタボな身体に合わせて、たすきがけに背負うように、のとが作り変えてくれた。

　家から港のパン屋さんまでは、白樺林の間を抜けて、古い石畳の道を歩いていかなければならない。森の中の新鮮な空気を、２人は毎日たっぷり吸い込みながら歩いていた。

　この新鮮な空気を吸い続けたことで、ぽろもきの匂いを嗅ぐ能力がどんどん強化されていった。知りたい情報を、匂いからわかるようになってきたのだ。

　例えば、のとの匂いを一瞬嗅いだだけで、その時の健康状態（疲れているか、どこか痛いところはないか、何か我慢していることはないかなど）まで、わかってしまうようになっていた。もちろん、何でもその情報を知らせることはしなかった。知ることで、かえってのとの疲れがひどくなったりすることも、理解していたからである。いろいろな意味で、ぽろもきはこの能力と共に成長していた。

　２人が一生懸命働き、特にぽろもきの働きぶりは目を見張るものだったので、カーティムはパン屋の中に小さなビストロもオープンした。ビストロといっても窓際の席のみでメニューは少なかったが、小ぢんまりとした質素な趣が表れていた。

カーティムの店は人気店になった。

　のとは、お客さんに笑顔でパンを売った。のとの笑顔は人の心を温かくする笑顔だった。ぽろもきは、ものすごく美味しいパンを焼くようになった。カーティムの言った通り、焼き加減を調節したり、材料をちょうど良く混ぜたり、その匂いを嗅ぎ分ける能力は少しずつアップしていった。

　余裕ができたカーティムがビストロコーナーでシチューとパン、コーヒーやワインを出すと、これもまた人気があってお店はにぎやかになった。

　このビストロがお気に入りでよく来ていたのが、ホダリ船長だった。船の仕事が一段落すると、必ずここでシチューやパンを注文して食べていくのだった。

　そして、どこかで野宿しているジールカも、ホダリ船長の船が港に着くとビストロにやって来た。何回かに1回は、お母さんからジールカへの届け物があったのだ。

　ホダリ船長はいろいろな国の言葉を話せる。そのため、いろんな国から頼まれて何かを運んでくることが多かった。301国では、ボヘンニャは変装して港に届け物を持って来る。ちょっとスリルがあるが、今のところ問題なく届け物を預かることができている。

　届け物には主にお金が入っていて、ジールカは寝るところ以外は今のところ不自由していなかった。日中はのんびりと11国の言葉を勉強していた。

301国の研究者たちは、今の23国から仕掛けられた戦争が始まる前から研究していたことがある。それは“人類存続の道”であり、世界中の自然環境、人口問題、食糧問題等のバランスを調整しながら、解決していく科学の道である。7か国の科学者が、それぞれの好みの研究を熱心に進めている余裕はなかった。全研究者の英知を結集し、今までの各分野の研究成果も含めた総合科学を進歩させ、仮説を立てて実験の段階に入らなければならないところだったのだ。

　しかし、この世界でも人類は戦争を繰り返してきた。支配者が登場してから3千年足らずで、数えきれないほどの殺し合いをそれぞれの国で繰り返し、武器の性能も急激に進歩してきた。7つの国のうち、4つの国は特に強力な大量破壊兵器を作って保有している。今攻撃をしてきた23国もその1つである。それを上回る化学兵器を作り反撃しようというのがチームAである。それはやがて人類滅亡に直結する大きな戦争を招くので、大急ぎで総合科学を進歩させて、戦争の必要性をなくし、明るい人類の未来をつくろうというのがチームBで、ボヘンニャはそのリーダーである。この世界では、度重なる戦争の繰り返しで自然環境も破壊されてきて、食料も足りなくなってきていたのである。

　ボヘンニャは、十数年かけてタイムスリップの研究もしてきた。タイムスリップを起こすには莫大なエネルギーを必要とし、何度も繰り返すことはできない。縄文時代は、1万年以上も続き、争いや殺し合いもなく自然環境を守り続けていたので、直接その時代の人間に技術や知恵を教えてもらおうと考えたのだ。

4年前に装置が完成し、そのワームホールを作動させた。対象は縄文時代に海を渡っている男性であり、到着地点のワームホールを11国の自然島の海岸にセットした。実験は成功し、1人の縄文時代の男性を現代の自然島にタイムスリップさせることができた。ただ、時間のズレが生じて、数か月前に自然島の海岸に着いてしまっている。チームBの研究員がその人物に会いに行く前に今回の戦争が起きてしまった。ワームホールを次に作動させることができるまでは20年ほどかかる。自然島を選んだのは、この国が今のところ安全であるからである。この世界では、いつまでも絶対に安全な場所はないと言っていい。今の戦争を食い止めなければ、安全な場所どころか人類が住める場所が世界からなくなってしまう可能性もあるのだ。

　ジールカは、母からこの男性の捜索も頼まれていた。ただ、捜索するにも言葉が通じないと捜しにくいので、もう少しこの島のいろいろな人と話せるようになったら、捜し回ろうと思っていた。それから、母から、あの化学薬品の粉の追加研究は、元になる粉をジールカがまき散らしてしまったので、中断したと知らせが来た。何か、特別な能力が使えるようになったら知らせるようにとも言われていたが、今のところジールカには特に変わったことはなかった。また、ジールカもぽろもきも、あの時もう1人の男性が少し離れたところを歩いていて粉を浴びたことには気付いていなかった。

この自然島の港と反対側の海岸の近くで、"もんちょりん"という青年が暮らしていた。彼は都会島の出身だったが、子どもの頃いじめを受けて、計算学校に行かなくなった。やがて、自然の中で暮らすことが自分に合っていると感じて、昔の人の暮らし方を調べた。両親には心配されたが家を飛び出して自然島に来てしまった。

　あまり人がいない場所を選んで、小さな小屋を建てた。小屋といっても板を適当に繋ぎ合わせた木のテントみたいなものだ。それでも自分で野菜を育てて、海に行って魚を釣ってきて何とか暮らしていた。冬は食べ物がないので、風が吹いて海に波がある日や冬には、港で荷物の積み下ろしの手伝いをしてお金を稼いでいた。

　ある日、今日は何か大きい魚が釣れそうな気がするという予感がしたもんちょりんは、朝早くから海岸で釣糸を垂れていた。すると、目の前の海の上に突然青く光るリングが現れた。キーンという機械のような音がして、そのリングの中から丸木舟に乗ったまるで縄文時代のような恰好をした男性が現れたのだ。男性は気を失っていて、丸木舟が海岸にたどり着いた。もんちょりんは急いで駆け寄り、必死になって舟を陸に上げた。その男性は舟を降りてもふらふらしていたので、もんちょりんは肩を貸して小屋まで連れていった。するとまた、男性は疲れたのか眠ってしまった。しばらくして目が覚めた男性にどこから来たか聞いてみたが、もんちょりんの言葉は全く通じなかった。男性は夢でも見ているような表情で辺りを見回していた。

もんちょりんは、男性のことを勝手に"縄文さん"と呼ぶことにした。縄文さんはしゃべらなかった。何かの声は出すが、もんちょりんはわからず、お互いに身振り手振りで伝えた。縄文さんは、遠いところから突然青い光の輪に運ばれたことを、棒で地面に絵を描いて説明してくれた。

　縄文さんは、もんちょりんのお粗末な小屋をあっという間に立派な木の家にしてくれた。こうして、２人のアウトドアライフはまさに本格的な野外生活になった。縄文さんはマッチも使わず火をおこせた。蔦と丈夫な木の枝を使って弓矢も作り、狩りの準備もできた。ただ、魚が豊富に獲れたので、釣竿や銛の方が出番が多かった。言葉は通じなかったが、もんちょりんと縄文さんは仲良くなった。

　縄文さんに家の修理を任せて港に出掛けた日、帰り道で風が吹いてきて、耳や口に変な味のする粉が入ってしまった。少し離れたところで、外国の女の子とこの島の男性も粉まみれになっていた。人付き合いの苦手なもんちょりんは、厄介なことに巻き込まれたくなかったのでそのまま帰った。小屋に戻って、縄文さんと魚を食べている時に急に身体がむずむずしてきて、叫び声を上げながら"けもの"に変身してしまったのだ。目の前で見ていた縄文さんは、とっさに弓矢を構えたので、「もんちょりんだよ！　やめて！　弓矢を向けないで！」と必死になって心はそのままだということも話した。縄文さんは、不思議そうにもんちょりんの身体を触っていた。この時から何故か、もんちょりんは縄文さんが言いたいことがわかるようになった。

パン屋さんでの楽しく充実した日々が続いていたある日、ぽろもきは家のそばで突然ある出会いをした。

「はじめまして。おいらは“もんちょりん”」

「えっ！　あっ、君も“けもの”なんだね！」

　ぽろもきは、その特殊な嗅覚で、すぐに相手が自分と同じような“人間が変身したけもの”だということがわかった。

「おいら、君がけものだってことすぐわかったよ」

「君も、匂いでいろいろなことがわかるんだね」

「いいや、おいらは音でわかるんだ」

「えっ！　音？　だって僕音立ててないよ」

「君の心臓の音や呼吸音を聞いただけでわかるんだよ」

「もんちょりんは、かなり前からけものになっていたのかな？」

「いや、割と最近だよ」

「そうなんだ。でも、なんだか仲間がいるってうれしいな」

「おいらも同じだよ。ぽろもき、これからもよろしくね！」

「もちろんだよ。一緒に住んでいるのとにも紹介するよ」

「おいらも、一緒に住んでいる“縄文さん”を今度紹介するよ。っていうか２人で遊びに来てよ。港の反対側の海岸近くで、小屋に住んでるんだ」

「うん、じゃあ近いうちに、のとを連れて挨拶に行くよ」

　ぽろもきはこの出会いを、のとやカーティムにも話した。のとは、ぽろもきの他にも“けもの”になった人がいることに驚いたし、うれしくもあった。ぽろもきに同じ境遇の仲間ができたからである。

パン屋さんが休みのある日に、ぽろもきはのとを連れて、もんちょりんと縄文さんに会いに行った。

　確かに、港と反対側にある開けた場所に、2人はしっかりした木の小屋の中で暮らしていた。

　縄文さんは一言もしゃべらず、にこにこしているだけで、全部もんちょりんが説明した。

　はるか昔、おそらく縄文時代からタイムスリップしてきてしまったと思うともんちょりんが話した。もんちょりんは、けものになってから縄文さんが言いたいと思っていることが何故かわかるようになったということだった。名前がわからないし、言葉も通じないので、勝手に縄文さんと呼んでいて、本人も気に入っているようなので2人も呼んでみた。

「縄文さん、ぽろもきとのとです。よろしくお願いします」

　2人の挨拶に縄文さんはにっこり笑って頷いた。

　縄文さんは、どうやって元の自分の村に帰れるのかわからず、仕方がないので、ここでもんちょりんと暮らすことにしたみたいだった。もんちょりんがけものになってからは、思っていることが通じ合うようになったので、すごくコミュニケーションが取れるようになったとのことだった。

　縄文さんは身体能力が信じられないほど高く、体力もあるし、頭も良いとのこと。自然の中で危険を察知する能力もすぐれていて、また、攻撃してきた相手を怪我をさせないで参らせて、仲間にすることも得意だということだった。ここで暮らしているので、何か困ったら呼びに来てと2人の言葉としてもんちょりんが締め括った。

ある日の午後、ホダリ船長が１人でお店のビストロコーナーに来た。ジールカは呼ばれていなかった。

　珍しくワインだけ頼んで、ワイングラスに入れてから動きが止まってしまっていた。一点を見つめて、重々しい表情で何もしゃべらずにいた。

　見るからにただ事ではないことがあったのだろうとわかったので、ぽろもきは隣に座って静かに事情を聴くことにした。すると、ホダリ船長は悲しい知らせを耳にしたことを打ち明けた。

　ジールカのお母さんがミサイル攻撃を受け、爆発した建物ごと飛ばされて亡くなってしまったそうだ。

　悲しいことはそれだけではなかった。今はまだ、お母さんが亡くなったことを、ジールカには言うことができないのだ。２人が暮らしていた301国からジールカの保護費を決めるために役員が来ることになっており、その役員が来る前に知らせると、ジールカの保護を受ける権利がなくなってしまうのである。

　このことを、ぽろもきも、のとも、カーティムも知ってしまったが、決してジールカに言うことは許されなかった。役員が来る日まで、ジールカには言えない。顔にも出せない。戦争がもたらす残酷な現実が、こんな小さな女の子にも容赦なく襲いかかってくることを実感し胸が締め付けられた。

　ぽろもきは平気な顔をしてジールカを見る自信がなかった。

ジールカはこの国の言葉がかなり話せるようになっていた。カーティムから縄文さんの居場所を教えてもらって会いに行った。

　そこで、もんちょりんにも会って、粉まき散らし事件の被害者がもう１人いたことを理解した。しかも男性だったので"けもの"になっていたのだ。ジールカは謝ったが、もんちょりんは大して気にしていなかった。変身した姿も気に入っていたし、ジールカのお母さんの研究の話を聞いて感動していた。ジールカは、母が、縄文さんにいろいろ教えてもらって、研究を進めなければならないと言っていたことも、もんちょりんたちに伝えた。

　もんちょりんのことを知らせたかったので、さっそくいつもの機械で母に送信してみたが返信がない。受信機が故障したとジールカは思った。急いでカーティムのお店に行き、紙とペンを借りて手紙を書いた。

　そして、ぽろもきに「これ、ママに描いたの」と絵を見せてくれた。そこには、もんちょりんたちの似顔絵が描いてあって、字も書いてあった。「縄文時代から来た人が見つかったよ。けものになった"もんちょりんさん"ていう人も一緒だった。ママ、身体に気を付けてね」という意味だと、ジールカがゆっくりとぽろもきに説明してくれた。「ぽろもきさん、ママも喜ぶね？」と聞かれたが、ぽろもきはジールカの顔を見て話せなかったので、後ろを向いて「そ、そうだね。きっとお母さんも喜ぶよ」と答えた。

　まだ母親が亡くなったことを知らされていないジールカに。

やっと301国から役員の女性が来て、カーティムのパン屋さんでジールカに話をすることになった。

　のとはコップに水を入れてその女性に出すと、席を離れた。心配になって2人の会話に耳を澄ませると、ぼろもきたちにはわからない言葉で話は進められているようだった。

「ワタシがキタっていうことは、タダゴトではないコトだっていうことはワカルでしょう！　アンタのハハオヤはミサイルコウゲキをウケてナクナったの！　シンでしまったの！　キいてる？」

　役員の言葉を聞いて、ジールカは押し黙った。

「アンタのハハオヤがケンキュウしていたタテモノがゼンブコナゴナにフきトバされたの。

　ケンキュウをヤめてニげていればタスかったのに、ワタシたちのイうことをキかなかったからシんだのよ」

　ジールカには、役員たちが母の研究を応援していなかったことがはっきりと感じられた。母のいるチームＢではなく、チームＡの仲間なのだ。ジールカの母は、戦争を中止させるための研究をしていた。だが、役員らは、チームＡの科学者たちに、戦争に勝つための化学兵器の研究をさせていたのだ。

「コロされたんだ！　ママは！」

「センソウだからね。コロしアいだよ」

　役員は、母からのメッセージを特殊な翻訳マイクを使って読み上げた。

「戦争は、殺人だ。無差別殺人である。歴史上の英雄の多くは、殺人犯である。現在の文明は、大量殺人の積み重ねの結果の文明だ。私は、殺人をしない文明を作る研究中である」

「まあ、アンタのハハオヤらしいセリフだね。コンナケンキュウをしていたから、テキのコウゲキをウけたんだよ。ちゃんとキョウリョクなヘイキのケンキュウをツヅけていればマモれたのに」

「ママはコロされた！　あんたたちもミゴロシにしたんだ！」

「ナニをイっているんだい！　ワタシはアンタをタスけにキたんだよ。そうだ、アンタがトドければクニからホゴヒというおカネがちゃんとアンタにでるからね。ワタシがつれてカえってあげるよ。イッショにおいで。

　ソレカラ、クニにモドってきたらスむバショもヨウイしてあげるよ。ミサイルがオちなかったアパートダヨ。

　ドウダイ、ホしいだろ？」

「いらない！　ナンにもいらないからママをカエして！」

　ジールカが声を荒げると、コップが粉々に割れた。

「ママをカエして！　ママをカエして！」

　ジールカは強い怒りの感情を身体全体で表して、その迫力に役員はたじろいだ。

「わかったよ。わかったよ。ツれてカエるのはアキラめたよ。ゴウジョウなところはハハオヤそっくりだね」

　ジールカは、完全に敵意をむき出しにしていた。その感情が、何か今までにないエネルギーを自分の中に発生させ始めていることに興奮もしていた。化学薬品の粉の効果が出始めていると直感した。

「じゃあ、ワタシは、もうクニにモドるよ」

　役員は、ただならぬ雰囲気を感じて、席を立った。

役員の女性にコップの破片が当たり、頬に血がにじんでいた。カーティムがハンカチを渡すと、役員は「ありがとう」というジェスチャーで礼儀を示した。

　役員は険しい表情で席から離れ、ゆっくりと出口に向かって移動すると、お店の玄関で振り返って大きな声でジールカに確認した。

「じゃあ、こっちのシンセツなテツヅキはカンゼンにキョヒしたということだね！　ホンニンがキョヒしたということは、アンタもしんだとオナジアツカイだからね！

　もう、イッサイアンタにおカネもアげないからね！

　イいんだね！　ジールカ！」

　ジールカは返事もせずに役員の前をスタスタと速足で歩いて通り過ぎると、のとが作業をしている奥の部屋に入っていった。

「そういうタイドならこっちもスッキリだよ！　これでジールカというコドモもしんだというアツカイでこのイッケンはオわりさ！　ミナサマどうもシツレイしました」

　言葉はわからないものの、その場の雰囲気から役員の女性は国に戻るのだろうとカーティムとぽろもきには察しがついた。

　実は、この役員と名乗った女性は23国のスパイだった。もしもジールカがこの役員と一緒に301国に戻っていたら、すぐに別の乗り物で23国に連れ去り、監禁されてしまうところだったのだ。ジールカはひとまず危機を乗り越えた。

役員の女性が帰ると、ジールカは奥の作業場にいたのとに抱きついて、大声で泣き出した。今まで泣くことができなった分を取り戻すように、のとにしがみついて泣き続けた。

　のとは、言葉が出ずにただ抱きしめ続けた。

　カーティムは、ぽろもきに「今日はもうお店閉めようね」と言った。

　泣き止んで少し落ち着いたジールカは、さっきの役員が怪しかったことをのとたちに説明した。ジールカを連れて戻ろうとすることに隠された別の目的があることを感じ、23国のスパイに違いないと気付いたのだ。

　でも、お母さんが亡くなったというのは確かなことで、どうりで、お母さんからの連絡やお金がパッタリなくなったわけだと、辛い現実をジールカは突き付けられたのであった。ジールカはパン屋さんの床の隅で泣きながら、明日からどうやって暮らしていこうかと考えていた。

　のとはこのままジールカを野宿させることはできず、家に連れて帰った。とりあえず今日だけはジールカを抱いて眠ることにした。のともぽろもきも、こんな時は夜が一番悲しくて寂しいことを知っていたからだ。家のベッドにはのととジールカが寝て、ぽろもきは床でまるまって寝た。

「こんな時けものは便利なんだよ。床でも平気だから」

　ぽろもきの優しいジョークに笑顔を見せてお礼を言ったジールカだったが、夜中は何度ものとにしがみついて声を殺して泣いていた。ジールカにとってのとは心の拠り所となっていった。

次の日、ジールカはのとたちと一緒にカーティムのお店に朝から行ってみた。
「おはようございます」
　ジールカは昨日のこともあり、お辞儀をしながら挨拶した。
「おはようジールカちゃん、待ってたよ」
　カーティムは温かく迎えてくれた。
「ねえ、ジールカちゃん、実はこの店の２階は、あたしの家になっているんだ。たまたま部屋が１つ空いているんだよ。そこに住んだらどうだい？　家賃はいらないよ。その代わり、ジールカちゃんも、明日からこの店で一緒に働いておくれ」
「それはいいですね！」
　ぽろもきとのとはカーティムの提案に賛同した。
「はい、お願いします。ありがとうございます」
　こうしてジールカは、カーティムのお店で住み込みで働くことになった。
「あっ、ジールカって、呼んでください」
「わかったよ。ジールカ」
　ジールカは、のとが用意してくれた服を着てカーティムのお店で働き出した。まだ子どもなのでビストロのお手伝いくらいしかできなかったが、カーティムはそんなことは承知していた。
　ぽろもきはもんちょりんに会って、ジールカのお母さんが亡くなったことやジールカも一緒に働いていることを話した。もんちょりんは、地面に絵を描いて縄文さんにことの成り行きを説明した。縄文さんは、少し目をつぶっていたが、ジールカのことを思って涙を流した。もんちょりんも泣いていた。

ジールカも、カーティムの店で働きながら、何とか生活できるようになったある日、ホダリ船長がビストロにやって来てジールカを呼ぶと、四角い箱と鍵を手渡した。

「この箱をジールカに渡してほしいと、47国に寄った時に妙な格好をした女性に頼まれたんだよ。それとこの鍵も」

　ジールカは箱を手に持ってみたが意外と軽かった。そして鍵を握ると、鍵が一瞬光った。中を開けてもしも爆弾だったら大変なのでぽろもきを呼んだ。ぽろもきは箱の匂いを嗅いでみて、「大丈夫。危険物の入っている匂いはしない。でも一応外で開けてみようよ」と船長と3人で店の外の道端に置き、周囲に人がいないことを確認して、ジールカの持っている鍵で開けてみた。開けて中を見たジールカが叫んだ。

「ママだった！　ぽろもき、ホダリ船長、ママは生きている！」

　ジールカは泣きながら走って店に入り、中でパンを並べていたのとに抱きついて泣き叫んだ。

「のとさん、ママが生きてた！　生きてたよ！」

　大喜びのパニックが収まり、ホダリ船長の証言も含めてみんなでジールカの話を聞いて、どういうことなのか確認した。箱の中には電子パネルのメッセージが入っていて、ジールカの母からの物だった。「私たちチームBは、ダミー人形を研究室に残してこっそり国を離れた。その後、研究室がミサイル攻撃で吹き飛ばされたので、全員死んだことになっている。ジールカの受信機は探知されたので使えない。今後はこの方式で連絡する」ということだった。

ジールカは、カーティムの店の上の部屋が気に入っていた。昼間はお店の仕事を手伝って、夜は母から届いた箱を眺めて眠りにつく毎日だった。母が生きていたことがわかってから５日目の朝、ベッドの横に置いてある箱の上の小さなランプが強く光った。急いで鍵で蓋を開けると新しいメッセージが届いていた。

「縄文さんとジールカが11国の自然島にいることは、前に使っていた受信の電波から23国の上層部に知られてしまったらしい。それにカーティムの店も知られているので、少なくともこの３人は早めにその国を出た方が良い。そして向かってもらいたい国がある。できれば２人のけものになった男性も同行してほしい。移動はホダリ船長に頼んで。彼は新しい船を持っているはず。このメッセージを縄文さんのいるところでもう１度見て。追加のメッセージをその時表示する。以上」

　これを見たジールカは、すぐにカーティムに知らせた。カーティムは危険が迫っていることを理解し、店をしばらくお休みにする準備を始めた。長い間休んでもすぐにまた開店できるように整理し、自分とジールカの旅行の支度もしなければならない。まさに緊急事態だ。

　そこへ、いつものように「おはようございます」とぽろもきとのとが出勤してきた。ジールカがメッセージのことを話すと、ぽろもき、のと、ジールカの３人は箱を持って縄文さんのところへ向かった。

縄文さんともんちょりんは、ぽろもきたちからジールカの母が生きていたことと箱の件は聞いていた。２人が朝のトレーニングをしているとジールカたちが箱を持ってきた。

　ジールカは朝のメッセージ内容をすぐ縄文さんに伝えた。

　そして、鍵で箱の蓋を開けて次のメッセージを確認した。「このメッセージは、言語を超えて脳に直接伝わるように設定しています。縄文さんが、元の時代に戻れるようにワームホールの研究を急いで進めています。20年かかるものを３年くらいで完成させる予定です。それまでジールカたちに力をお貸しください。私は47国の地下の秘密研究所で仲間と必死に研究を続けています。23国が目を光らせているので、まだ47国には近づかないでください。私たちもあなた方の旅の途中でいつか必ず合流します。まずは、これからホダリ船長の船でなるべく早く２国へ行ってください。ここは旧式の王国です。国王の間の銅像の台を他の物と取り換えて、持ってきてください。台をこの箱の中に入れると必ず役に立ちます」

　メッセージを聞いて次の行き先がはっきりわかった。

　何故この世界の縄文時代が１万年以上も争いもなく、自然環境に適応して続いていたのか。それは、その後に人類が失った能力を身につけていたからである。丸木舟１つで方向を間違えず遠い島々を往復し、高波や空腹にも耐えられたのは、特殊能力を身につけていたからである。それは陸上で生きていく上でも重要な力で、毎日のように鍛錬もしていたのだ。ボヘンニャの研究にはこの力の解明が必要だったのだ。

ぽろもきはもちろんのとと一緒に旅に出ることを決めた。もんちょりんも縄文さんと行動を共にする決意は固い。

　カーティムはジールカの持ち物も一緒に揃えて出発の準備を終えた。ホダリ船長を入れてちょうど7人の冒険の準備が整った。

「私のためにみんなを巻き込んでごめんなさい」

　ジールカは謝ったが、ぽろもきは力を込めてこう言った。

「ジールカのためだけじゃない！　この世界の7か国の平和を守るために7人で力を合わせるんだよ！」

「その通りだ！」

　みんなも声を揃えてぽろもきに賛同した。

　ぽろもきの住むこの世界では、いつまでも絶対に安全なところはなくなっていた。しばらく戦争がなく、平和に長く暮らせていた国でも、ある日突然戦争に巻き込まれてしまう。国民が戦争を望んでいなくても、国の支配者や代表者が戦争を始めてしまえば、真っ先に日常生活が奪われるのは国民なのだ。攻撃力が進歩した今、戦争が広がるとこの世界の人類は滅亡することになる。ジールカの母の研究チームとぽろもきたちは、特殊な科学と鍛えられた人間の能力でこの世界を変えるための冒険を始めるのであった。

　ジールカは念動力に関する力、もんちょりんは音に関する特殊技、ぽろもきは匂いに関する特別な能力が危機を感じると発動することを、自分たちで感じ取っていた。それは、冒険のステージが進む度に進化していくのだった。　──続く

〈著者紹介〉
エゾノ はやと（えぞの はやと）
福祉関係の仕事をしてきました。また、人形や
イラストを仕事で使っていました。自然の中で
身近な生き物を観察することが好きです。趣味
は、本格的ではない中途半端なキャンプを自己
満足で楽しむことと、温泉に浸かりながらうめ
き声を出すことです。

ぽろもきの冒険

2024 年 4 月 12 日　第 1 刷発行

著　者　　　エゾノはやと
発行人　　　久保田貴幸

発行元　　　株式会社 幻冬舎メディアコンサルティング
　　　　　　〒151-0051　東京都渋谷区千駄ヶ谷4-9-7
　　　　　　電話　03-5411-6440（編集）

発売元　　　株式会社 幻冬舎
　　　　　　〒151-0051　東京都渋谷区千駄ヶ谷4-9-7
　　　　　　電話　03-5411-6222（営業）

印刷・製本　中央精版印刷株式会社
装　丁　　　立石 愛

検印廃止
©HAYATO EZONO, GENTOSHA MEDIA CONSULTING 2024
Printed in Japan
ISBN 978-4-344-94976-8 C0093
幻冬舎メディアコンサルティングＨＰ
https://www.gentosha-mc.com/